산속에서 호랑이를 만난 나무꾼이
엉겁결에 호랑이를 형님이라고 불렀어요.
그 말을 믿은 호랑이는 어머니를 극진히 모셨지요.

추천 감수_ 서대석
서울대학교와 동 대학원에서 구비문학을 전공하고 문학박사 학위를 받았습니다. 한국
구비문학회 회장과 한국고전문학회 회장을 지냈으며, 1984년부터 지금까지 서울대학
교 인문대학 국어국문학과 교수로 재직 중입니다. 〈한국구비문학대계〉 1-2, 2-2, 2-6,
2-7, 4-3 등 5권을 펴냈으며, 쓴 책으로 〈구비문학 개설〉, 〈전통 구비문학과 근대 공연
예술〉, 〈한국의 신화〉, 〈군담소설의 구조와 배경〉 등이 있습니다.

추천 감수_ 임치균
서울대학교 대학원에서 고전소설 연구로 문학박사 학위를 받고 현재 한국학중앙연구원
한국학대학원 어문예술계열 교수로 재직 중입니다. 한국학중앙연구원에서 문헌과 해석
운영위원으로 활동하고 있으며, 고전소설의 대중화 방안을 연구하여 일반인들에게 널
리 알리는 일에 앞장서고 있습니다. 쓴 책으로 〈조선조 대장편소설 연구〉, 〈한국 고전
소설의 세계〉(공저), 〈검은 바람〉 등이 있습니다.

추천 감수_ 김기형
고려대학교와 동 대학원에서 구비문학을 전공하고 문학박사 학위를 받았습니다. 현재
고려대학교 문과대학 국어국문학과 부교수로 판소리를 비롯한 우리 문학을 계승 발전
시키기 위해 노력하고 있습니다. 쓴 책으로 〈적벽가 연구〉, 〈수궁가 연구〉, 〈강도근 5가
전집〉, 〈한국의 판소리 문화〉, 〈한국 구비문학의 이해〉(공저) 등이 있습니다.

추천 감수_ 김병규
대구교육대학을 졸업하고 한국일보 신춘문예에 동화가, 중앙일보 신춘문예에 희곡이
당선되면서 작품 활동을 시작했습니다. 대한민국문학상, 소천아동문학상, 해강아동문
학상 등을 수상했으며, 현재 소년한국일보 편집국장으로 재직 중입니다. 쓴 책으로 〈나
무는 왜 겨울에 옷을 벗는가〉, 〈푸렁별에서 온 손님〉, 〈그림 속의 파란 단추〉 등이 있습
니다.

추천 감수_ 배익천
경북 영양에서 태어났습니다. 1974년 한국일보 신춘문예에 동화가 당선되었고, 〈마음
을 찍는 발자국〉, 〈눈사람의 휘파람〉, 〈냉이꽃〉, 〈은빛 날개의 가슴〉 등의 동화집을 펴
냈습니다. 한국아동문학상, 대한민국문학상, 세종아동문학상 등을 받았으며, 현재 부
산 MBC에서 발행하는 〈어린이문예〉 편집주간으로 일하고 있습니다.

글_ 김배균
연세대학교에서 국문학을 전공하고, 고려대학교 교육대학원에서 국어교육을 공부했습
니다. 여러 해 동안 출판사에서 편집 일을 하다가 지금은 성남고등학교 국어 교사로 재
직 중입니다. 〈팔만대장경의 지혜〉 시리즈가 한우리어린이추천도서에 선정되었으며,
쓴 책으로 〈청개구리 색깔 놀이터〉, 〈나무도령 밤손이〉 등이 있습니다.

그림_ 김완진
대학에서 서양화를 공부하고, 현재 프리랜스 일러스트레이터로 어린이를 위한 책에 그
림을 그리고 있습니다. 그린 책으로 〈꼬마 미술사〉, 〈주생전〉, 〈리어 왕〉, 〈호랑이 형님〉,
〈아빠는 잠이 안 와〉 등이 있습니다.

소년한국
우수어린이
도서수상

〈말랑말랑 우리전래동화〉는 소년한국일보사가 국내 최고의
도서 제품을 선정하여 주는 우수어린이 도서를 여러 출판
사의 많은 후보작과의 치열한 경쟁을 뚫고 수상하였습니다.

우리전래동화 **⑬** 효도와 우애
호랑이 형님과 나무꾼 아우

발 행 인 박희철
발 행 처 한국헤밍웨이
출판등록 제406-2013-000056호
주　　소 경기도 성남시 분당구 금곡동 444-148
대표전화 031-715-7722
팩　　스 031-786-1100
편　　집 이영혜, 이승희, 최부옥, 김지균, 송정호
디 자 인 조수진, 우지영, 성지현, 선우소연
사진제공 이미지클릭, 연합포토, 중앙포토

호랑이 형님과 나무꾼 아우

글 김배균 그림 김완진

한국헤밍웨이

옛날 옛적 호랑이가 담배 피우던 시절,
깊은 산속에서 나무꾼이 홀어머니를 모시고 살았어.
이 나무꾼은 어찌나 효성이 지극한지
자기는 끼니를 거르고 해진 옷을 입고 다녀도,
어머니에게는 흰쌀밥에 고기반찬을 올리고
늘 고운 옷을 입혀 드렸지.

8

하루는 어머니가 고개 너머 이웃 마을 잔칫집에 가셨어.
나무꾼은 나무를 한 짐 해다 놓고 어머니를 기다렸어.
그런데 해가 *서산에 지도록 어머니가 오시지 않는 거야.
애가 탄 나무꾼은 이제나저제나 기다리다 마중을 나갔지.
어두컴컴한 고갯길을 올라가는데,
"어흥!"
호랑이 한 마리가 불쑥 튀어나오는 게 아니겠어?

*서산 : 서쪽에 있는 산을 말해요.

나무꾼은 팔다리가 후들후들 떨렸어.
호랑이는 눈을 번득이며 어슬렁어슬렁
나무꾼을 향해 다가왔지.
'으악!' 소리가 새어 나오려는 순간,
나무꾼은 두 눈을 질끈 감으며 소리쳤어.

"아이고, 형님! 이제 형님을 만났으니
이 동생 죽어도 *여한이 없습니다!"
나무꾼의 말에 호랑이는 그만 어리둥절해졌어.
"형님이라니?"

*여한 : 풀지 못하고 남은 원한을 뜻해요.

나무꾼은 슬픈 얼굴로 이야기를 시작했어.

"형님이 마을 뒷산으로 나무하러 갔다가 돌아오지 않자
어머니께서는 형님이 죽은 줄로만 알고 사셨지요.
그런데 어느 날 어머니의 꿈에 나타나서는
'이 불효자식을 용서하세요. 어쩌다 보니 호랑이가 되어,
이제 어머니를 모시고 살 수가 없어요.' 라고 말하고는
울면서 마을 뒷산으로 들어가더래요.
그 후로 호랑이를 만나면 형인 줄 알라고 하셨거든요."

호랑이가 고개를 갸웃거리며 물었어.
"그런데 왜 난 아무런 기억도 안 날까?"
"그건 형님이 호랑이가 되면서 사람이었을 때의 기억을
모두 잊어버렸기 때문일 거예요."
"아! 그랬겠구나. 그래, 어머니는 잘 계시냐?"
이 틈을 놓칠세라 나무꾼은 눈물까지 글썽이며 말했어.
"어머니는 날마다 형님이 그리워 울고 계십니다."

14

"내가 큰 불효를 저질렀구나. 네가 내 몫까지 잘해 드려라."
"예, 형님."
"어머니가 걱정하시기 전에 빨리 집으로 가거라."
"형님, 또 찾아뵙겠습니다."
나무꾼은 호랑이가 쫓아올까 부리나케 산을 내려왔단다.

이튿날 아침부터 나무꾼의 집 앞에는
별난 일이 벌어졌어.
살찐 멧돼지며 노루, 토끼 같은 짐승들이
*사립문 앞에 널브러져 있는 게 아니겠어?
나무꾼은 짐승들의 몸에 난 이빨 자국을 보고
어제 만난 호랑이가 한 일이라는
것을 짐작할 수 있었지.

*사립문 : 나뭇가지를 엮어서 만든 대문이에요.

호랑이는 비가 오나, 눈이 오나 하루도 빠짐없이
나무꾼의 집 앞에 짐승들을 물어다 놓았어.
나무꾼의 집은 온갖 고기들로 넘쳐 났지.
덕분에 이웃들까지도 맛난 고기를 먹을 수 있었단다.

나무꾼은 어머니한테 호랑이 이야기를 했어.
"애야, 비록 짐승이지만 효성이 사람 못지않구나.
앞으로 그 호랑이를 보거든 형님처럼 대해 주어라."
그 뒤로 어머니는 날마다 따끈따끈한 밥을
사립문 앞에 놓아두었어.
호랑이는 불효자식을 용서해 달라며 서럽게 울었지.

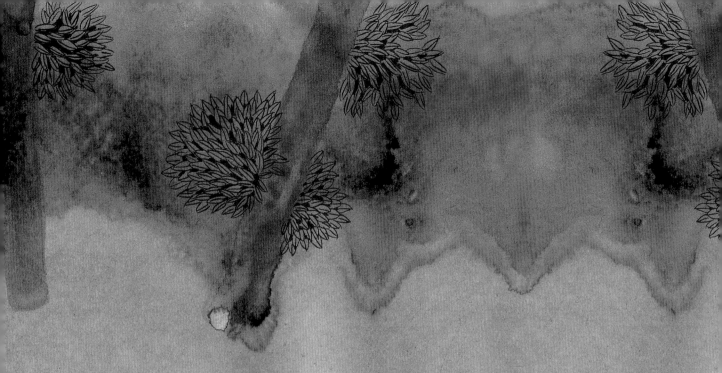

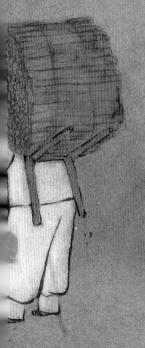

하루는 나무꾼이 숲 속에서 나무를 하고 돌아오는데
그때 만난 호랑이가 어슬렁어슬렁 다가오는 거야.
"아우야, 내가 꼭 할 말이 있어서 왔다."
"어서 말씀해 보십시오."
"지난밤, 어머니가 혼잣말로 죽기 전에
손자를 한번 안아 보는 게 소원이라고 하시더구나."
"이렇게 가난한데 무슨 수로 장가를 들겠어요?"
그러자 호랑이는 대수롭지 않다는 듯 말했어.
"내가 도와줄 테니 걱정 마라."

이튿날 아침, 어머니가 급히 나무꾼을 불렀어.
밖으로 나가 보니 이게 웬일이야?
아리따운 처녀가 집 앞에 서 있는 게 아니겠어?
나무꾼은 호랑이가 데려다 놓은 처녀라는 걸 알았어.
며칠 후, 나무꾼은 처녀와 결혼식을 올렸어.
다음 해에는 떡두꺼비 같은 아들도 낳았지.
호랑이가 물어다 주는 짐승들의 가죽을 내다 팔아
살림도 나날이 넉넉해졌단다.

그러던 어느 날, 나무꾼의 어머니가 돌아가셨어.
나무꾼 부부는 정성껏 장례를 치렀지.
호랑이는 마을 뒷산에 숨어 눈물을 뚝뚝 흘렸어.
"마지막까지 어머니께 인사 한번 못 올리다니……
어머니, 이 불효자식을 용서하십시오."
호랑이는 멀리서 땅속에 묻히는
어머니를 지켜보며 목 놓아 꺼이꺼이 울었어.

그날 이후 호랑이는 아무것도 먹지 않았어.
새끼 호랑이들은 아버지가 걱정되었지.
"제발 기운 좀 차리세요.
이러다가 큰일 나겠어요."
호랑이는 종일토록 동굴에 누워 있다가
어두워지면 산소로 가 밤새도록 울었어.
그리고는 날이 밝으면 터덜터덜 동굴로 돌아왔지.
그러는 동안 호랑이는 부쩍 야위어 갔어.

어머니가 돌아가시고 나서는 호랑이가 보이지 않았어.
"어째서 요즘은 호랑이 형님이 오지 않는 걸까?"
나무꾼은 호랑이를 찾아 산속을 헤매고 다녔지.
"형님, 호랑이 형님!"
아무리 불러도 호랑이는 나타나지 않았어.

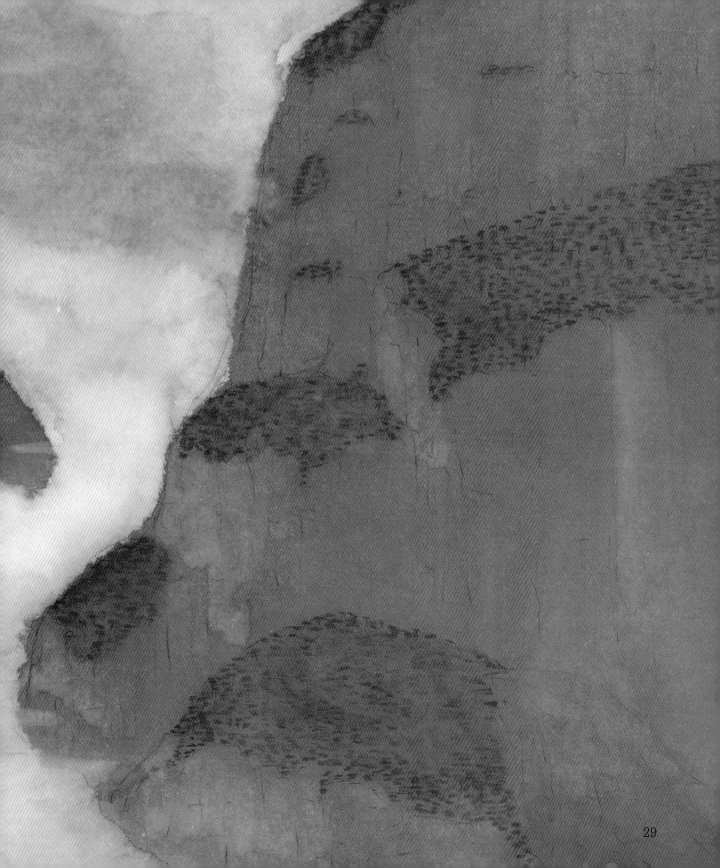

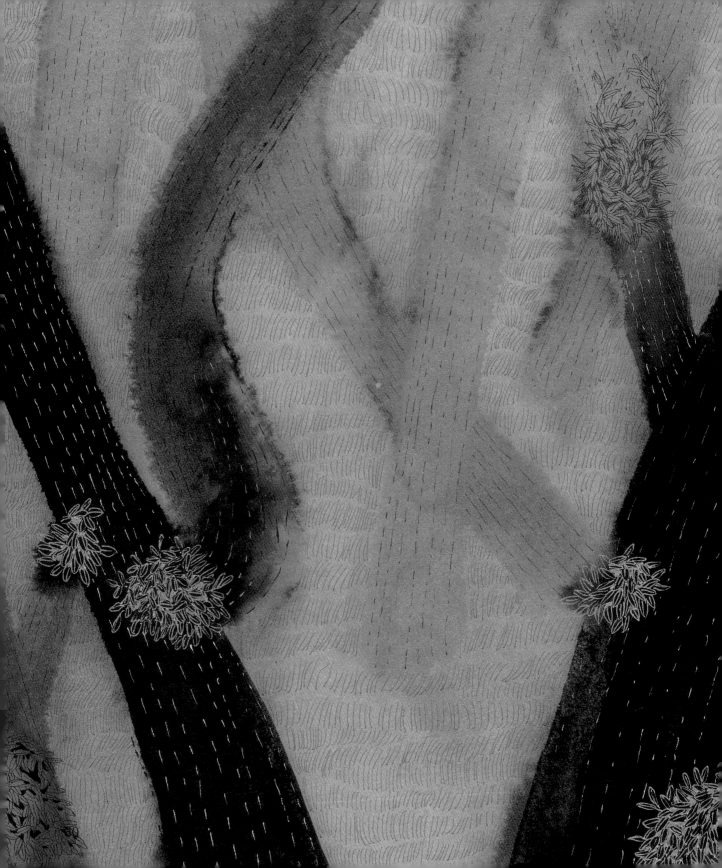

나무꾼이 터벅터벅 산을 내려오는데,
꼬리에 흰 천 조각을 묶은
새끼 호랑이들이 나타났어.
"아니, 어째서 너희들은 꼬리에
흰 천을 묶고 있니?"
"아버지가 돌아가셔서 그래요.
아버지는 원래 사람이었는데 산에서 길을 잃고
헤매다가 호랑이가 되셨대요."
나무꾼의 어머니가 세상을 뜨자 호랑이는
매일같이 산소가 있는 쪽을 바라보며 슬피 울다가
그만 돌이 되어 버렸다는 거야.

나무꾼은 호랑이가 있다는 곳으로 가 보았어.
아니나 다를까, 그곳에는 돌이 된 호랑이가 있었어.
"형님, 형님이야말로 진정한 효자이십니다.
다음 세상에는 부디 사람으로 태어나
어머니를 모시고 오래오래 행복하게 사십시오."
나무꾼은 호랑이 앞에 엎드려 서럽게 울었대.

호랑이 형님과 나무꾼 아우 작품해설

〈호랑이 형님과 나무꾼 아우〉에서 호랑이를 사람에 비유하면 권력과 재산을 지닌 '힘센 사람'에 해당합니다. 이 이야기에서 호랑이는 자기가 가진 힘으로 나무꾼을 보살펴 줍니다. 힘센 사람이 힘없고 가난한 사람을 지켜 주고, 보살펴 주기를 바라는 마음이 이야기 속에 녹아 있는 것이지요.

숲 속에서 호랑이를 만나게 된 나무꾼은 다급한 마음에 호랑이를 형님이라고 부르며 넙죽 절을 합니다. 호랑이는 이게 무슨 말인가 어리둥절해하지요. 그러자 나무꾼은 호랑이가 예전에 자기 형님이었는데, 나무를 하러 갔다 길을 잃고 호랑이가 된 것이라며 거짓말을 둘러댑니다. 그럴싸한 말에 깜빡 속아 넘어간 호랑이는 자기를 사람이라고 믿게 되지요.

그날 이후 호랑이는 매일 산짐승을 잡아다 나무꾼의 집 앞에 놓아둡니다. 그리고 먼발치로 어머니를 지켜보지요. 사람보다 더 지극한 효성에 감복한 나무꾼의 어머니는 호랑이를 친아들처럼 생각하고 밥상을 차려 사립문 앞에 놓아둡니다.

호랑이는 손자를 보고 싶어 하는 어머니의 심정을 헤아려 나무꾼이 장가를 들게 해 주었습니다. 호랑이가 매일같이 잡아다 주는 산짐승의 가죽을 내다 팔아 살림도 나날이 나아졌지요. 그러던 어느 날, 어머니가 돌아가시자 그날부터 호랑이는 아무것도 먹지 않고 슬퍼하다 결국 돌이 되고 말지요. 뒤늦게 호랑이의 소식을 알게 된 나무꾼은 그 지극한 효성에 감복합니다.

이 이야기가 우리에게 말하고자 하는 것은 무엇일까요? 호랑이를 속인 나무꾼의 잘못을 지적하려는 걸까요? 아니면 빤한 거짓말에 속아 넘어간 호랑이의 어리석음을 말하고자 하는 것일까요?

이 이야기는 나무꾼과 호랑이의 행동이 옳고 그름을 말하려는 것이 아니랍니다. 나무꾼의 어머니를 친어머니라고 생각하고 효성을 다한 호랑이의 모습을 통해 진정한 효의 의미를 돌아보게 하려는 것이지요.

꼭 알아야 할 작품 속 우리 문화

 상여

우리나라에는 사람이 죽으면 시체를 상여에 싣고 무덤까지 가는 풍습이 있었어요. 상여는 연꽃이나 봉황 등으로 화려하게 장식된 기다랗고 네모난 관이에요. 상여의 밑부분에는 여러 명이 함께 짊어질 수 있도록 발이 있고, 상여의 앞머리에는 봉황을 조각하고, 뒤에는 용이 새겨져 있어요. 가운데에는 저승사자인 동

방삭의 모습이 조각되어 있답니다. 상여는 보통 열두 명 정도의 사람들이 짊어져요. 상여가 집을 떠나 무덤으로 갈 때까지 사람들은 내내 종을 울리며 노래를 불렀지요. 이것은 죽은 자의 넋과 함께 살아 있는 가족의 슬픔을 위로하기 위한 전통 의식이었답니다.

  산소

산소는 사람의 무덤을 뜻하는 뫼를 높여 이르는 말이에요. 죽은 사람을 어디에, 어떻게 묻을 것인가는 매우 중요한 일이었지요. 우리 조상들은 예로부터 풍수설에 따라 묏자리의 좋고 나쁨을 가려 해로운 영령이 나타나는 지역을 피해 상서로운 땅을 묏자리로 정했어요. 추석이나 설날과 같은 명절에는 조상의 산소를 찾아 그날의 의미를 되새기기도 하지요.

조상의 지혜를 배우는 **속담 여행**

〈호랑이 형님과 나무꾼 아우〉에서 나무꾼은 호랑이에게 거짓말을 해서 목숨을 구했어요. 거짓말을 하는 것은 나쁜 행동이지만 때에 따라서는 도움이 될 수도 있지요. 여기에서 배울 수 있는 속담을 알아보아요.

거짓말도 잘만 하면 논 닷 마지기보다 낫다

거짓말도 경우에 따라서는 살아가는 데 도움이 될 수 있으니, 사람은 아무쪼록 말을 잘해야 한다는 뜻이에요.

전래 동화로 미리 배우는 **교과서**

🐅 나무꾼은 어떻게 해서 위험한 순간을 피할 수 있었나요? 또 나라면 어떻게 했을지도 이야기해 보세요.

🐱 나무꾼의 어머니가 돌아가시고 난 뒤 호랑이는 어떻게 되었나요?

🐅 〈호랑이 형님과 나무꾼 아우〉를 읽고 가장 감명 깊었던 부분을 이야기해 보고, 왜 그렇게 생각하는지 글로 써 보세요.